布莱叶点字法

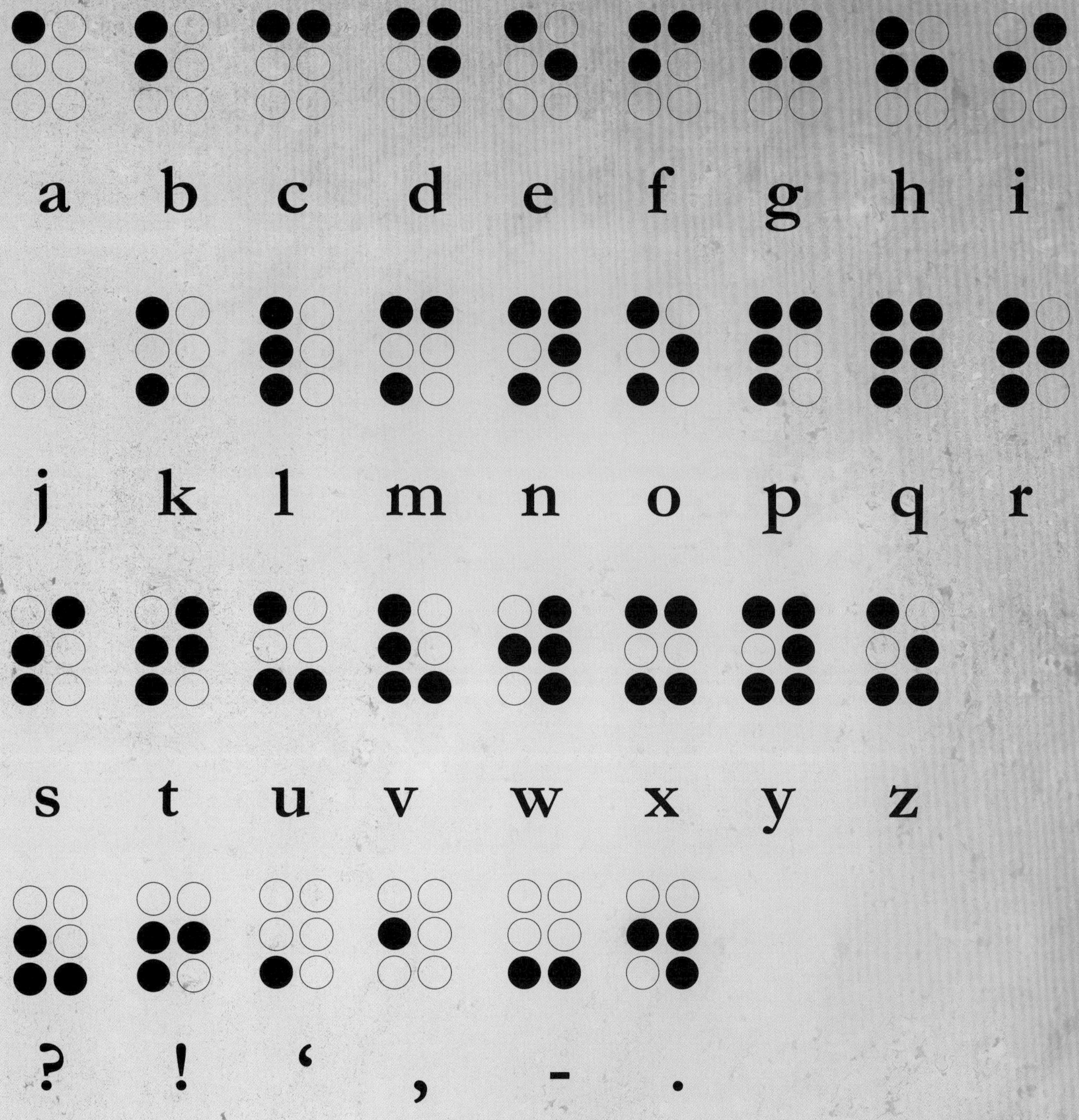

a b c d e f g h i

j k l m n o p q r

s t u v w x y z

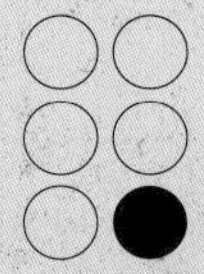

? ! ' , - .

在一个字母标志前放一个大写字母标志就代表这个字母是大写。

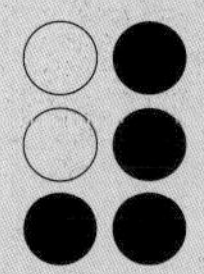

大写字母标志

在字母a到j标志前放数字标志就代表数字1到9及0。

数字标志

文中部分词汇、名字、短语对应的法语及发音

路易斯·布莱叶 Louis Braille (loo-WEE brale)

爸爸 Papa (pah-PAH)

妈妈 Maman (mah-MAHN)

库普雷 Coupvray (koo-VRAY)

别碰！ N'y touche pas! (nee toosh PAH)

侯爵夫人 Marquise (mar-KEEZ)

欢迎你！ Bienvenue! (byehn-veh-NOO)

巴黎 Paris (pah-REE)

加布里埃尔 Gabriel (gah-bree-EL)

坐这里！ Asseyez-vous ici! (ah-SAY-ay-voo ee-SEE)

就是这个！ Voilà! (vwah-LAH)

就这样吗？ C'est tout? (say TOO)

快起来！ Lève-toi! (lev-TWAH)

快走吧！ Allons! (ah-LOHNZ)

皮尼耶 Pignier (peen-YAY)

没错！ Oui! (wee)

读完了！ Fini! (fih-NEE)

你做到了！ Tu l'as fait! (too lah FAY)

好简单啊！ Si facile! (see fah-SEEL)

好快啊！ Et si vite! (eh see VEET)

改变世界的六个点。

15岁的点字发明家

文:〔美〕珍·布赖恩特 图:〔美〕鲍里斯·库利科夫

翻译:刘清彦

北京联合出版公司
Beijing United Publishing Co.,Ltd.

我出生那天,爸爸对全村的人大声宣布:
"你们看,这就是我儿子,路易斯!"
左邻右舍都来了,他们七嘴八舌地窃窃私语:
"他太小了,根本活不了!"

哦，但我活下来了。
我是个好奇的孩子，眼睛总是盯着每样东西看：
妈妈温柔的脸、摇篮上垂挂的蕾丝，
还有餐桌上面包的光滑形状。

我长得健康又强壮。
我骑在哥哥宽大的肩膀上去面包店
或是和姐姐们一起喂鸡时，
邻居们都会笑着向我挥手大喊：
"好帅啊！"

"他也很聪明。"姐姐们说。
三岁时，我就能叫出库普雷每个人的名字。
我会算姐姐篮子里的鸡蛋和树上麻雀的数量，
还能把听过的故事一字不漏地讲出来。

但我最喜欢的还是看爸爸工作。

人们从大老远的地方过来定做马具或修理断了的马缰绳。

在爸爸手中,即使是粗糙的皮带也会变得柔软又有用。

我想像他一样。可是,当我伸手拿工具的时候……

"别碰!"爸爸警告我。

然后,他温柔地说:"路易斯,你还太小,等你长大再说。"

太小……又是这两个字!

我要变得更大、更强壮,我要长大。

说不定,只要我能向爸爸证明我也可以……

皮带很滑,锥子很尖。

但我知道该怎么做——

"爸爸!爸爸!爸爸!"

那天改变了我的人生。医生用绷带蒙住了我的眼睛。

我又听见了那句话:"**别碰!**"

可是绷带弄得我好痒!

我的手就像树上的麻雀,又小又快,我根本控制不了它们。

我不是故意让事情变得更糟,偏偏——

我就是这么做了。

结果,另一只眼睛也受到了感染,后来……

我什么都看不见了。看不见树,看不见麻雀,
看不见任何一张脸,也看不见蕾丝,看不见面包。
到了五岁的时候,我已经完全看不见了。

村民们窃窃私语:"可怜的路易斯·布莱叶!
这么聪明的孩子,
现在可怎么办才好?"

我的世界变得漆黑又危险,
我在屋子里跌跌撞撞,
一会儿碰到椅子,一会儿撞到门和墙,好痛啊。
"太阳在哪儿?"我大叫。

可是太阳没有出来。
我坐在窗边,
训练耳朵去做那些眼睛做不到的事。

叮叮叮——咚咚咚——
这是爸爸在店里工作的声音。

嗖嗖嗖——唰唰唰——
这是穿长裙的女人们赶着去市场的声音。

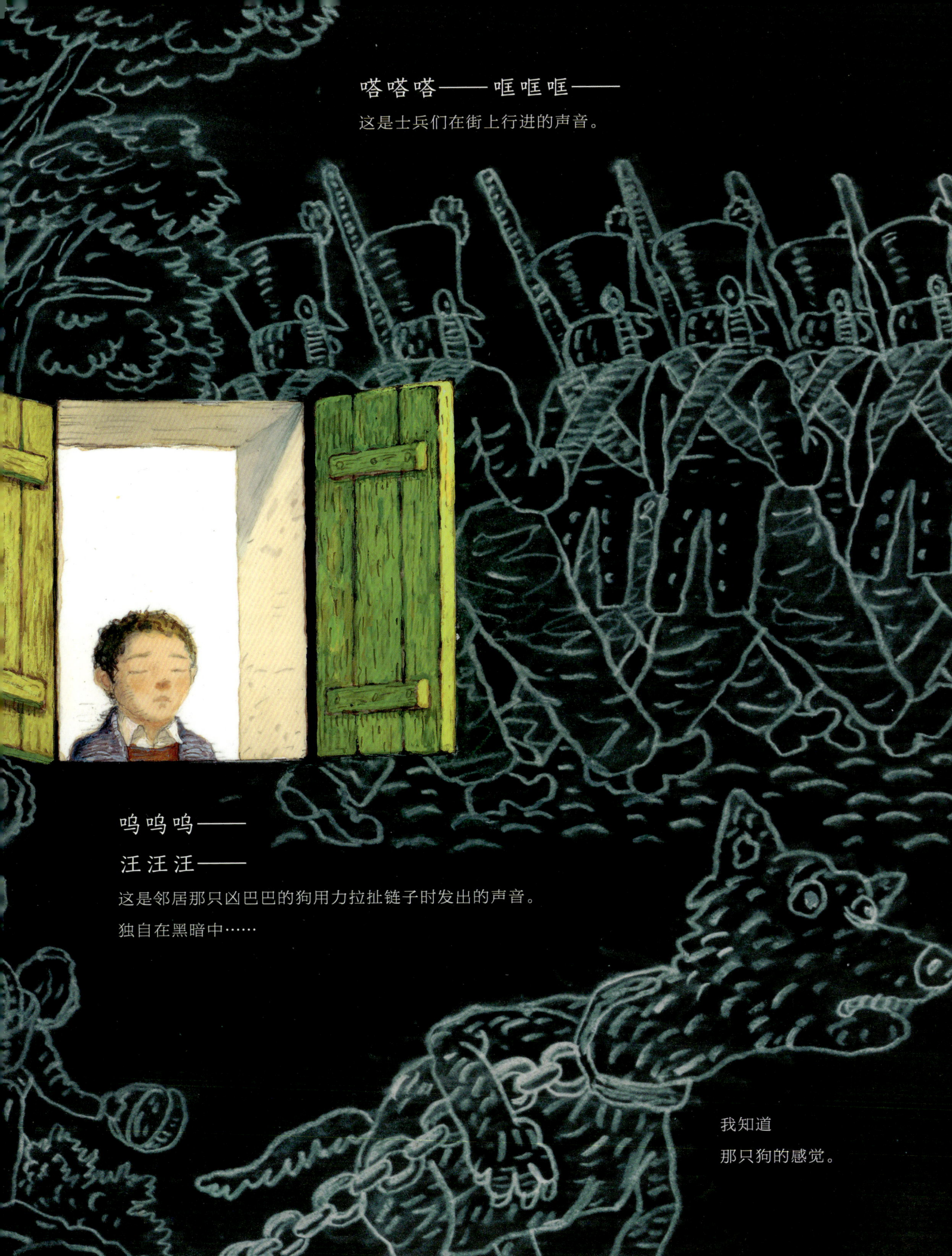

嗒嗒嗒——哐哐哐——
这是士兵们在街上行进的声音。

呜呜呜——
汪汪汪——
这是邻居那只凶巴巴的狗用力拉扯链子时发出的声音。
独自在黑暗中……

我知道
那只狗的感觉。

家人们都在尽力帮助我。
爸爸为我做了一根木头手杖。
我每天都会走得更远一点儿，

嗒、嗒、嗒……

边走边算步数，从房子到院子，
从葡萄园到鸡舍，
从面包店到磨坊……
再回到爸爸的店里。

哥哥教我吹口哨：

嘘—— 嘘—— 嘘——

当声音传回来时就是在警告我，
前面有东西挡着。

姐姐们用干草做字母。
爸爸用皮带或是在木板上钉上大头钉，
做出各种字母的形状。

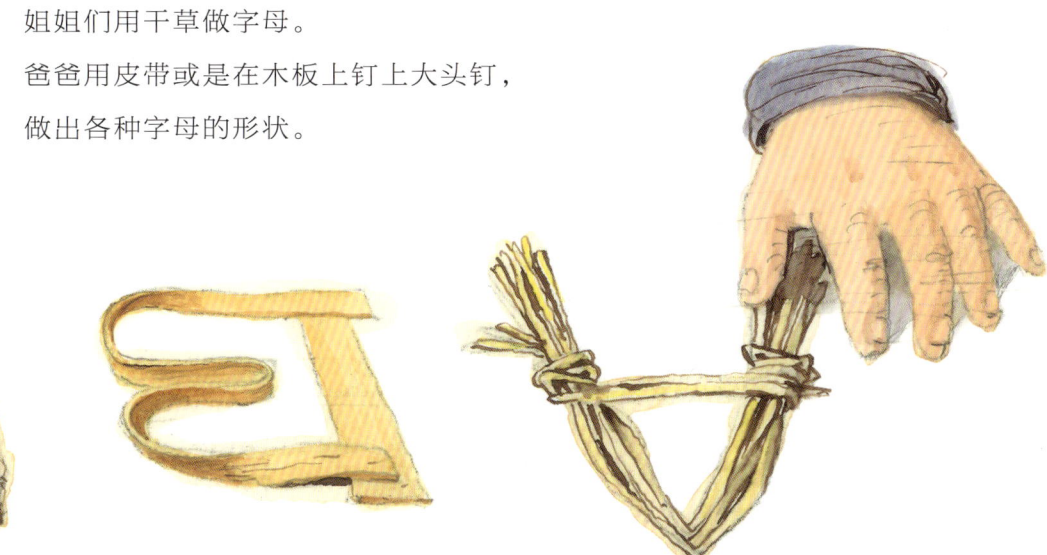

我和妈妈玩骨牌，
我用手指数着骨牌上的点。

村里的神父教我用触摸的方式辨认树木，
通过气味辨认花朵，通过声音辨认小鸟。
我仔细听着他为我朗读《圣经》和诗集。

"你有给看不见的孩子读的书吗？"我问。
"没有，路易斯。"神父回答，"我很抱歉。"

长大了一些以后,我和村子里的其他孩子一起上学,
他们一整天都在写单词和数字,或是大声朗读课本内容。
我坐在第一排,边听边背。

"你有给看不见的孩子读的书吗?"我又问。
"没有,路易斯。"老师回答,"我很抱歉。"

可是我不要大家觉得对我很抱歉,
我只希望自己能读书写字,
像其他人一样。

住在附近的高贵的侯爵夫人听说了我的事,
她写了一封信给巴黎的皇家盲人学校,
问他们我能不能去那里读书。

终于,我收到了回信:"**欢迎你!** 路易斯!"

"神父说,他们有给看不见的人读的书!"我兴奋地告诉爸爸。

"可是你只有十岁!"妈妈哭了。

"而且,你几乎一整年都要住在那里。"哥哥这样说。

"巴黎是个遥远的大城市啊!"姐姐们提醒说。

我该怎么做才能让他们明白?

没有书,我永远都只是"可怜的路易斯·布莱叶"。

我永远都会像那只被链子拴紧的狗,动不动就会被拉回来。

"我爱你们。"我对他们说,

"可是我非去不可。"

不必用眼睛看，我也知道巴黎的皇家盲人学校并不是皇宫！

我住在一间又潮湿又拥挤的房间里，我的床硬邦邦，

制服穿起来很痒，食物很少很凉。

老师非常严厉，大一点儿的男孩成天捉弄人，还偷东西。

我好想家啊！

不过……我还是留下来了。

我留下来是因为，在这栋老旧、充满霉味的房子的某个地方，有给盲人阅读的书。

"只有最好的学生才可以读那些书。"我的朋友加布里埃尔告诉我。

"那我就要成为最好的学生。"我回答。

在盲人学校学习和在库普雷没有什么不同:
我们坐在那里倾听、记住要记的东西、反复背诵。
我们还有音乐课,还会到工作坊制作拖鞋。
当我的手指摸着管风琴的琴键或布条时,我心里想的都是阅读和写字。

我非常努力地学习、干活。最后……

那一天终于到了。
一位指导老师带我走进了图书馆。
"坐这里！"他命令道。
接着便是一阵拖拽东西的声音，还有嘟囔声、摩擦声，
然后便是砰的一声。

"就是这个！"他说，
"用手指摸那些凸起来的字母就行了。"
我摸了好久，才摸到第一页开头。
我用手指仔细摸着每个字母的轮廓，
就像以前在库普雷，
摸那些用干草和皮带做出的字母一样。

但是这些用蜡刻成的字母很大！
才"看"完第一句，我的手就已经摸到这页的一半了。
没读几句，就必须翻页。
再多读几句，又要多翻两页。
然后……就完了！

"就这样吗?"我问。

"还有啊。"指导老师回答,"不过其他的也都和这本一样。"

每个单词都像我的手那么大!一个句子就占掉半页!

我叹了口气。

就算我读了上百本这样的书,又能学到多少知识呢?

我没吃晚餐就直接上床睡觉了,我真希望自己是在家里。
睡着后,我梦见了邻居家那只凶巴巴的狗……
它扯断链子跑向我,拼命舔我的脸,舔得我哈哈大笑。

"路易斯!路易斯!**快起来!**"加布里埃尔将我摇醒。
天亮了。
"校长要找我们。**快走吧!**"

所有人都聚集在一个大房间里。
校长皮尼耶博士说:"一位法国军队的上校
发明了一种在作战时传送机密信息的密码。
密码是用手摸的,而不是用眼睛看的,
所以,说不定我们也可以这么用。"

"你们每个人手上都有一张用点组成图案的信息条。"
校长继续说,"一种图案就代表一个发音。"

我们仔细听着他的讲解。

不太容易,必须要记住很多东西。

我摊开手中的纸条,从左至右慢慢触摸,用手去感受那些点。

"撤退!"我叫了出来。

大家都笑了。这当然是一条战争指令!

但是此时我的心里却充满希望,怦怦跳个不停。

我又要来一张纸条。

我继续摸着纸条上的点。"补给清晨抵达。"

"没错!"校长大喊。

其他人也开始大声读他们纸条上的信息。

"这些信息是**怎么写成的**？"我问。

校长给了我一块板子：一个中间有片金属板的木框。

"把纸铺在下面。"他解释道，

"然后用这支尖尖的铁笔……可是，务必小心！"

那支尖尖的铁笔就像爸爸店里的锥子。我的手一直在发抖。

"用它将密码打在纸上。"他说。

我打了几个复杂的点组合图案，然后轻轻抽出纸，用手触摸着阅读。

我练习了好几个星期。
通过触摸这些点来进行阅读,真是个绝佳的想法——
至少在战场上是如此。可是对我们来说呢?
这些密码太难了,学校里的人都放弃了。

"就算只是一条很短的信息,也需要用很多点来表示。
我的手指头摸不到一个单个的符号。"我向加布里埃尔抱怨,
"而且,上校的密码代表的是发音,不是字母。"

"所以呢?"我的朋友问。
"所以——
我们干吗不拼写单词,像看得见的人那样写句子?"我说。

这种密码开了个很好的头，但还不够好。

我们这些盲人的需要还是被放在一边。

"上校可以和我一起改进一下吗？"我问校长。

"很抱歉，路易斯，他没有兴趣。"校长回答。

抱歉……又是这个词！

很久以前，我见过爸爸怎么将粗糙的皮带变成有用的东西。

现在，我知道自己该怎么做了。

深夜，大家都睡着后，我抱着那块板子在纸上用力戳着。

我尝试了数不清的办法来简化上校的密码，

一直做到背部僵硬，手指发酸，

常常只在天亮前小睡片刻。

一年又一年过去了。那年冬天,我15岁。
虽然我时常生病,但却从没休息过。

终于可以测试了。

我请校长从图书馆里挑选一本我从来没有听说过的书。

"请大声读出来。"我说。

皮尼耶博士开始读书。

几分钟后,我打断他。

"校长,您可以读得再快一点儿。"

他一边读,我一边将每个单词正确地拼了出来。

我的新密码只需要六个点。
排成两行，像骨牌一样。
一种点的组合图案代表一个字母。

"读完了！"
皮尼耶博士读完第一章后说。

我把纸翻过来，触摸着，
将第一章的内容朗读了出来。

"路易斯，**你做到了！**"他大声叫道。

一传十，十传百，其他学生纷纷跑来尝试。

"好简单啊！"

"好快啊！"

"我们可以像其他人一样阅读和写字了。"

当我的朋友们在相互传递信息时，我想起了我曾经在爸爸的店里看到的情景，他折弯那些粗糙的皮带，把它们做成有用的东西。

我终于像他一样了。

作者的话

如果我让你列出一个伟大发明家的名单，你的名单里会有谁？谷登堡？达·芬奇？爱迪生？接着可能有贝尔、富兰克林、马可尼、特斯拉、卡佛、惠特尼、赫柏……你可能还会根据发明的数量、种类以及影响力列举出更多名字。但是你知道吗？几乎每一天，无论你是在学校、餐厅、旅馆、电梯、银行，还是在其他公共场所，那里都有着一位少年发明家的发明。

不管你的发明家名单中有谁，路易斯·布莱叶都应当名列其中。和其他发明家一样，他从一个粗略的想法（战场上使用的触摸式密码）出发，想方设法将其变成了一个可以改变世界的发明。不过，和其他发明家不同的是，路易斯·布莱叶是个没有公众和财力支持、独自进行发明创造的少年发明家。住的房子是由监狱改建的，还要饱受肺炎早期症状的折磨，路易斯·布莱叶却努力为盲人创造出了一套沿用至今的读写系统。过去几个世纪以来，从来没有任何一个这么小的孩子能够像他一样，发明出了对这么多人具有深远影响力的事物。

这是我写的关于路易斯·布莱叶的第二本书。1994年，我出版了一本路易斯·布莱叶少年时代的传记，该书是系列丛书《伟大的成功者：残疾人的人生》中的一本。这本书旨在让大家了解路易斯·布莱叶，取得了不错的反响。可是近几年，每当我在公共图书馆、大学校园、机场或自动取款机上看到布莱叶点字法时，我都会忍不住自问：成为路易斯·布莱叶，是一种什么样的感觉？我过去读过的关于这位法国年轻人的书，甚至我自己的书，都无法引领我去体会路易斯·布莱叶的情感世界。成为路易斯·布莱叶，是一种什么样的感觉？这个故事就是我试图给出的答案。

与布莱叶点字法有关的更多内容

问：为什么路易斯·布莱叶发明的点字法如此重要？

答：海伦·凯勒将布莱叶点字法与谷登堡发明的印刷术相提并论。在谷登堡发明印刷术前，只有少数贵族掌握读写技能，绝大多数普通老百姓都被排除在外。然而，当印刷术发明之后，一夜之间，所有人都可以接触到书本，可以自由学习、交换意见和想法，同时改善自己的生活。路易斯·布莱叶的发明也带来了同样的影响：在布莱叶点字法出现前，盲人根本无法阅读和书写，但布莱叶点字法彻底改变了这种局面。

问：路易斯·布莱叶的家人向他展现的勇气和同情心，在当时是不是很不寻常？

答：是的，的确很不寻常。在19世纪初期，一个家庭必须靠每个成员各自的日常劳动来维持生活。有视力、听力或其他身体方面残疾的孩子，常常会被抛弃，或是被交给那些街头艺人。为了赚钱，这些人教他们唱歌、跳舞或其他杂耍表演，他们基本上就像马戏团里的动物一样。路易斯·布莱叶避免了这样的命运，因为他的家人鼓励他接受教育并学习独立。

问：路易斯·布莱叶第一次示范点字法后，还做了什么修改？

答：路易斯·布莱叶密码的最初版本还包含了一些查尔斯·巴比尔上校原来"夜间书写"系统中使用的划。不过此后他持续修改，去掉了这些划，加入了数字、标点符号和音乐符号。到了1829年，也就是他向安德烈·皮尼耶博士展示成果的五年后，他出版了一本书《盲人运用点字法写字、谱曲和写歌的方法》。这本书中提到的布莱叶点字法，基本上和今天所使用的没有什么两样了。

问：布莱叶点字法这套阅读和书写系统什么时候被正式采纳？

答：巴黎皇家青少年盲人学校的学生马上便开始使用布莱叶点字法，但直到1854年，也就是路易斯·布莱叶去世两年后，布莱叶点字法才被正式采纳。那时，布莱叶点字法的使用已遍及全欧，甚至传到了北美。相比之下，这套系统欧洲正式采纳的时间相对较早，美国直到1932年才正式采纳。

问：路易斯·布莱叶还发明了什么？

答：路易斯·布莱叶出版了一些关于使用点字法从事音乐、数学和绘图工作的书。在好友亚历山大·福尼尔的帮助下，他还发明了一套可以让盲人与视力正常者之间互动书写的系统。此外，他还和盲人音乐家、机械师皮埃尔·福柯一起为这套系统发明了一台类似打字机的机器，这台机器可以被视为是最早的点阵打印机。

问：音乐在路易斯·布莱叶的生命中扮演了怎样的角色？

答：路易斯·布莱叶精通大提琴和管风琴，他在巴黎两个主要的教堂专职弹奏管风琴，他甚至还在老家库普雷附近从事钢琴调音的工作。在当时，音乐方面的工作是盲人少数能够选择的工作之一，而且也比较不会遭到视力正常者的反对，路易斯·布莱叶也因此发明了一套盲人使用的音乐符号系统，这套系统马上就获得了广泛的认可。

问：路易斯·布莱叶的学校生活结束后发生了什么？

答：完成学业后，路易斯·布莱叶继续留在巴黎，成为皇家青少年盲人学校的助教。1833年，他晋升为教授，负责教授历史、语法、地理和数学。在被诊断出（无法治愈的）肺结核病后，他仍继续教书，偶尔返回老家休养。路易斯·布莱叶在过完自己43岁生日后两天去世，他被葬在库普雷。1952年，也就是他逝世一百周年之际，他的墓地被迁至巴黎的先贤祠。从此，他与法国的伟人们一起长眠于此。

问：盲文（布莱叶点字法）如何与数字时代保持同步？

答：日新月异的科技已经令视力障碍者读写设备的数量、种类发生了极大的改变。然而，关于这些专门设备的使用，依然面临挑战。一些机构，包括美国盲人基金会、美国国家盲人联盟、美国国家图书馆残疾人服务中心，都在为此不懈努力，比如：盲文电子记事本取代了传统的点字板和铁笔，盲文显示器可以通过盲文提供电脑屏幕上的信息，盲文打印机可以将计算机设备中的信息打印出来，而数字图书馆则可以让视力正常者和盲人都能借阅盲文、有声书籍或杂志，许多智能手机和平板电脑还设有将普通文本转化为语音或盲文的功能。

了解更多和路易斯·布莱叶有关的内容

詹妮弗·F.布莱恩特《路易斯·布莱叶：盲人之师》 New York: Chelsea House, 1994
拉塞尔·弗里德曼《走出黑暗：路易斯·布莱叶的故事》 New York: Clarion Books, 1997
C.迈克尔·梅勒《指尖上的世界：路易斯·布莱叶传》 Boston: National Braille Press, 2006
afb.org/louisbraillemuseum: 路易斯·布莱叶的生平介绍
braillebug.org: 教授布莱叶点字法的网站
coupvray.fr: 路易斯·布莱叶的老家库普雷的法文网站

了解更多和盲文有关的内容

劳拉·S.杰弗里《关于盲文：触摸式阅读》 Berkeley Heights, NJ: Enslow Publishers, 2004
afb.org: 美国盲人基金会网站
nfb.org: 美国国家盲人联盟网站
loc.gov/nls: 美国国家图书馆残疾人服务中心网站
nbp.org: 美国国家盲文出版社网站

献给我的经纪人艾莉莎·E.亨金，你是最棒的！
—— 珍·布赖恩特

致谢

向下面这些人，致以我们最诚挚的感谢：

克诺普夫出版社的编辑

埃里森·沃切、南希·西斯科

排印编辑阿蒂·班奈特

设计师莎拉·霍坎森

翻译芭芭拉·佩里斯

作家经纪人艾莉莎·E.亨金

眼科医生丽贝卡·H.沃德博士

伊丽莎白·伯恩斯
（纽约州州立图书馆有声读物和盲文中心）

帕特丽夏·毛瑞尔（美国国家盲人联盟）

黛博拉·肯德里克（美国盲人基金会）

图书在版编目（CIP）数据

改变世界的六个点：15岁的点字发明家 /（美）珍·布赖恩特文；（美）鲍里斯·库利科夫图；刘清彦译. -- 北京：北京联合出版公司，2021.5（2023.9重印）
ISBN 978-7-5596-4837-2

Ⅰ.①改… Ⅱ.①珍… ②鲍… ③刘… Ⅲ.①儿童故事－图画故事－美国－现代 Ⅳ.① I712.85

中国版本图书馆 CIP 数据核字(2021)第 037129 号

北京市版权局著作权合同登记　图字：01-2021-1290

Six Dots: A Story of Young Louis Braille

Text copyright © 2016 by Jen Bryant
Illustration copyright © 2016 by Boris Kulikov
This translation published by arrangement with Random House Children's Books,
a division of Penguin Random House LLC
No part of this book may be reproduced or transmitted in any form or by any means, electronic or mechanical, including photocopying, recording or by any information storage and retrieval system without permission in writing from the publisher.
Simplified Chinese translation copyright © 2021 by Beijing Cheerful Century Co., Ltd.
All rights reserved.

改变世界的六个点：15岁的点字发明家

（启发精选世界优秀畅销绘本）

文：[美]珍·布赖恩特
图：[美]鲍里斯·库利科夫
翻　译：刘清彦
选题策划：北京启发世纪图书有限责任公司
出 品 人：赵红仕
责任编辑：牛炜征
特约编辑：虎　耳
特约美编：谷　子

北京联合出版公司出版
（北京市西城区德外大街83号楼9层　100088）
北京盛通印刷股份有限公司印刷　新华书店经销
字数30千字　889毫米×1194毫米　1/16　印张 2.5
2021年5月第1版　2023年9月第3次印刷
ISBN 978-7-5596-4837-2
定价：45.80元

版权所有，侵权必究。未经书面许可，不得以任何方式转载、复制、翻印本书部分或全部内容。
本书若有印装质量问题，请与印刷厂联系调换。电话：010-52249888 转 8816